Les Caprices de Marianne

FichesdeLecture.com

Les Caprices de Marianne (Fiche de lecture)

I. INTRODUCTION

L'œuvre

Les Caprices de Marianne est une pièce de théâtre écrite en deux actes et en prose, publiée en 1833. Il s'agit d'un drame romantique, genre théâtral initié par Victor Hugo avec la pièce *Cromwell,* qui réunit comédie et tragédie. L'histoire se déroule à Naples, autour des personnages de Marianne, jeune femme mariée à un homme plus âgé, de Coelio, jeune homme passionnément amoureux d'elle, et d'Octave, son ami, qui sert d'entremetteur entre les deux. Autour de ce trio, l'auteur traite des thèmes de l'amour impossible, de la débauche, des sentiments capricieux, et il dresse un portrait de la jeunesse de son époque, portrait dans lequel on reconnait aussi Alfred de Musset sous les traits d'Octave.

L'auteur

Alfred de Musset est un écrivain français, poète et dramaturge, né en 1810 à Paris et mort en 1857. Il est considéré comme un des plus grands auteurs français de la période romantique, et son œuvre s'inscrit parfaitement dans ce courant littéraire, qui célèbre l'expression exacerbée des sentiments et des passions, les thématiques de l'amour, de la douleur, de la mélancolie, etc. Les premiers écrits de Musset sont placés sous le signe de la poésie, mais c'est pour le théâtre qu'il écrira ses plus grandes œuvres. La même année (1834), il publie son chef-d'œuvre, *Lorenzaccio,* et la pièce non moins connue *On ne badine pas avec l'amour.* Sa notoriété littéraire lui vaudra de recevoir la Légion d'honneur en 1845 et d'être nommé à l'Académie française en 1852.

II. RÉSUMÉ DU ROMAN

Acte I

L'histoire se déroule à Naples. Marianne est une jeune femme dont la beauté ne passe pas inaperçue, mais elle est déjà mariée à Claudio, un homme plus âgé qu'elle. Un jour, elle apprend de la bouche d'une vieille domestique, Ciuta, qu'un certain Coelio serait amoureux d'elle. Cette information exaspère la jeune femme, qui n'envisage pas un seul instant de tromper son mari, qu'elle menace de prévenir si on continue de l'importuner.

De son côté, Claudio, l'époux de Marianne, fait part de ses doutes à Tibia, son valet. Il est convaincu que sa femme lui cache un ou plusieurs amants, et que les jeunes napolitains qui lui font la cour sont nombreux. Très en colère, il jure de démasquer les coupables pour les punir sévèrement, et songe même à engager un spadassin pour les assassiner.

Mais Claudio se trompe, car Marianne n'a pas d'amant, et jusqu'à présent, elle lui est toujours restée fidèle. Une fidélité qui désespère Coelio, amoureux fou de la jeune femme, mais qui n'ose jamais l'aborder directement. Pour le tirer de cette situation, son meilleur ami, Octave, lui propose de servir d'intermédiaire et de profiter qu'il soit le cousin de Claudio pour aller parler à Marianne.

Coelio s'enfonce dans la mélancolie et sa mère, Hermia, tente de le réconforter comme elle peut. Pour lui changer les idées, elle raconte à son fils comment, lorsqu'elle était toute jeune, elle fit la rencontre de son futur mari. À cette époque, celui qui allait devenir son époux servait d'entremetteur auprès d'elle pour un de ses amis. Et la jeune Hermia avait alors choisi l'entremetteur plutôt que l'amoureux, et jetait son dévolu sur celui qui deviendrait quelques années plus tard le père de Coelio.

Tandis que Coelio désespère, Claudio reprend confiance en réalisant que Marianne est une femme vertueuse, et que ses doutes sur la fidélité de son épouse étaient infondés. Mais, ses craintes repartent de plus belle lorsque Marianne lui parle des intentions de Coelio et des projets d'Octave pour son ami.

Acte 2

Coelio est convaincu que jamais il n'emportera le cœur de Marianne, et il renonce à la séduire, préférant rester seul et malheureux plutôt que de se battre pour elle. Mais Octave refuse que son ami soit si triste et tente de provoquer le cœur de Marianne en lui faisant croire que Coelio en aime une autre à présent.

Claudio rejoint Octave et le questionne au sujet des rumeurs qui courent sur Marianne et Coelio, et sur son rôle dans cette affaire. Il lui fait comprendre qu'il est très en colère et qu'il pourrait sévir si les deux jeunes hommes continuaient à jouer avec les sentiments de son épouse.

Malgré les menaces de Claudio, Octave est toujours décidé à rendre son ami heureux et à convaincre Marianne de s'intéresser à lui. Il la retrouve dans une taverne pour en parler avec elle, mais il se produit quelque chose d'inattendu. Il semble que Marianne, à force de discuter avec Octave, tombe peu à peu sous son charme. Ils passent un long moment à parler ensemble, ce qui ne passe pas inaperçu à Naples.

Ciuta rapporte cet événement à Coelio qui refuse de croire qu'il ait pu être trahi par son meilleur ami, tandis que Claudio accuse Marianne d'avoir pris Octave pour amant. Il menace sa femme d'une punition terrible, ce qui provoque chez elle, par esprit de contradiction, l'envie de lui désobéir et de faire ce qu'elle n'avait jamais envisagé de faire auparavant : le tromper avec un autre.

Marianne retrouve Octave et lui explique qu'elle souhaite prendre pour amant le premier venu, à l'exception du seul qui l'aime profondément, Coelio. Malgré cette précision cruelle, Octave estime que c'est le bon moment pour Coelio de tenter sa chance avec Marianne et il l'incite à aller lui rendre visite dans la soirée.

Le soir venu, Coelio se rend discrètement au domicile de Marianne tandis qu'Octave, qui est resté à la taverne, reçoit une lettre alarmante. Il apprend en la lisant que Claudio a engagé des spadassins pour assassiner celui qui oserait venir séduire sa femme. Octave panique et se précipite hors de la taverne pour aller prévenir son ami.

Coelio arrive chez Marianne et lui parle à travers la porte qu'elle a refusé d'ouvrir. Elle ne voit donc pas le jeune homme et pense qu'il s'agit d'Octave. Lorsque Coelio entend Marianne prononcer le prénom de son ami, il est persuadé d'avoir été trahi, et un instant après, il est assassiné par les spadassins.

Quelque temps plus tard, Octave et Marianne discutent devant la tombe de Coelio. Marianne lui avoue qu'elle l'aime, mais il la repousse sans qu'elle comprenne pourquoi. Octave sait qu'il ne trahira pas son ami décédé, dont la mort représente aussi la fin d'une période d'insouciance désormais révolue.

III. PRÉSENTATION DES PERSONNAGES

– Marianne

Marianne est une jeune femme de 19 ans, mariée à Claudio, un homme beaucoup plus âgé qu'elle. Sa beauté ne laisse pas les jeunes napolitains indifférents, mais elle demeure fidèle à son mari. Elle est d'une grande droiture morale et très pieuse, toutefois, cette force de caractère va progressivement s'affaiblir, à cause notamment de la jalousie excessive de son époux.

À partir du moment où Marianne décide de prendre un amant, son attitude révèle la frivolité de son caractère capricieux et son immaturité. En effet, elle est prête à choisir n'importe quel jeune homme de Naples, sauf Coelio qui est amoureux d'elle. Marianne repousse Coelio uniquement parce qu'il l'aime et elle jette son dévolu sur son meilleur ami, Octave.

– Coelio

Coelio est un jeune Napolitain romantique, passionné, désespérément amoureux de Marianne. C'est un idéaliste sentimental, qui refuse le libertinage et les mœurs légères, au nom d'un amour pur et véritable. Ses convictions en matière d'amour vont le rendre malheureux, puisque celle qu'il aime passionnément n'éprouve aucun sentiment pour lui. Malgré cet état de fait, il préfère vivre en amoureux déçu plutôt que d'essayer d'être heureux avec une autre femme.

– Octave

Octave est l'ami de Coelio et le cousin de Claudio. C'est un jeune libertin séduisant, un débauché qui a choisi de consacrer son existence aux fêtes et aux plaisirs. Contrairement à Coelio, Octave juge ridicule d'aimer passionnément une seule femme, mais malgré son cynisme, il accepte de servir d'intermédiaire entre son ami et Marianne. Il est très fidèle en amitié et d'une grande intégrité, car, par respect pour Coelio, il refuse toute liaison avec Marianne pourtant très amoureuse de lui.

- Claudio

Claudio est le mari de Marianne. C'est un homme jaloux, suspicieux, qui surveille constamment sa femme. Il est capable de recourir à la violence et d'ordonner qu'on assassine les jeunes hommes qui font la cour à Marianne, et en plus de son tempérament colérique, il dispose d'un grand pouvoir qu'il doit à sa fonction de juge.

- Hermia

Hermia est la mère de Coelio. Elle aime son fils et s'inquiète de le voir si malheureux et désespéré. Elle apparait très peu dans la pièce, uniquement pour lui remonter le moral en lui racontant une histoire. Histoire qui permet de comprendre qu'elle aussi, plus jeune, s'est comportée comme s'apprête à le faire Marianne.

- Ciuta

Ciuta est une femme âgée qui accepte de servir d'entremetteuse pour Coelio auprès de Marianne. C'est aussi elle qui prévient Coelio lorsqu'elle soupçonne Octave d'avoir une relation avec Marianne.

IV. AXES DE LECTURE

La pièce d'Alfred de Musset, **Les Caprices de Marianne**, reflète les canons littéraires de l'époque, canons qui se manifestent à travers les choix de forme et par les thèmes qui y sont abordés. Il s'agit d'un drame romantique qui évoque un sujet cher aux écrivains de cette période, l'amour impossible, ou l'amour source de douleur et de conflits, car soumis aux caprices déraisonnables du cœur. La pièce est aussi l'occasion pour l'auteur de nous donner une idée de la jeunesse des années 1830 et de se décrire lui-même à travers les personnages.

- Forme de la pièce

Structure et Dialogues

Il s'agit d'une pièce en deux actes, dont le rythme s'accélère à la fin pour amener le spectateur vers un dénouement tragique. Chaque acte contient plusieurs scènes, mais on parle aussi de tableaux, car les changements de scènes ne correspondent pas toujours à des entrées ou sorties de personnages, comme c'était traditionnellement le cas dans le théâtre classique.

La pièce est écrite en prose, ce qui est de plus en plus fréquent au XIXe siècle, même si le vers est encore beaucoup pratiqué, comme c'est le cas pour *Cromwell*, de Victor Hugo, premier des drames romantiques. On note que l'auteur utilise la densité et la longueur des dialogues pour caractériser les relations entre les personnages. En effet, chaque fois qu'Octave et Marianne vont parler ensemble, les répliques deviennent beaucoup plus longues que dans les scènes précédentes. Il en résulte un effet de suspension de l'action et une impression de rapprochement inéluctable entre les deux personnages attirés l'un par l'autre. Ce volume de paroles échangées contraste totalement avec l'absence de dialogue entre Coelio et Marianne, et renseigne le spectateur sur le destin tragique de Coelio, qui dès lors est condamné à être déçu.

Un drame romantique ?

Les Caprices de Marianne s'apparente à un drame romantique, un genre qui selon Victor Hugo, se caractérise par une très grande prise de liberté avec les règles du théâtre classique et qui refuse de choisir entre tragédie et comédie, préférant associer les deux registres. Le drame romantique s'inspire souvent de sujets historiques ou politiques, et sur ce dernier point, on ne peut pas dire de la pièce de Musset qu'elle s'y apparente.

En effet, Musset estimait que les motifs de prédilection du drame romantique étaient souvent trop sérieux et trop politisés. Le sujet qu'il choisit pour *Les Caprices de Marianne* est plus léger, en apparence en tout cas, mais il est traité d'une manière qui autorise tout de même à parler de drame romantique.

Les règles ne sont pas strictement respectées. Les lieux peuvent varier, bien que l'on reste à Naples, mais surtout, l'unité de temps est brisée puisque la dernière scène vient après une longue ellipse dans le temps. L'auteur passe volontairement sous silence tout ce qui s'est passé entre la mort de Coelio et le dialogue ultime sur le devant de sa tombe.

On peut constater aussi la coexistence du comique et du tragique dans la pièce, et Alfred de Musset joue constamment sur les deux registres. Le comique surgit dès les premières scènes, par le comportement grotesque de Claudio et ses doutes infondés sur la fidélité de sa femme. Claudio et son valet Tibia (qui signifie flûte en latin), l'un étant un grand maigre, l'autre un boiteux, forment un duo visuellement ridicule. Mais aussi, dès le début, Claudio parle de vengeance et de meurtre, et le dénouement tragique de la pièce plane déjà au-dessus des personnages.

La comédie passe aussi par certaines répliques empreintes d'humour. Ainsi, lorsqu'Octave boit seul à table, il dit avec ironie *« je tâche d'y voir double, afin de me servir à moi-même de compagnie »*. Une phrase qu'il glisse à Marianne et qui crée une complicité entre les deux jeunes gens, mais cette complicité renvoie aussi au destin tragique de Coelio, qui jamais n'emportera le cœur de la jeune femme.

Le romantisme et Musset

Le style d'Alfred de Musset s'inscrit parfaitement dans ce courant littéraire qu'est le romantisme, pas uniquement parce qu'il s'agit d'un drame romantique, mais aussi pour d'autres raisons plus thématiques.

Dans le romantisme, l'individu, ses doutes et ses passions occupent le centre de l'œuvre. On célèbre la pureté des sentiments, comme ceux de Coelio dans la pièce, mais aussi les personnages de débauche et de bohème comme peut l'être Octave. Le romantisme exalte l'amour et vise à exprimer de manière sincère la douleur qui y est liée, car l'amour est souvent source de malheurs. Autant de motifs qui dans la pièce sont incarnés par les différents personnages.

Alfred de Musset, pour avoir écrit *Les Caprices de Marianne*, mais aussi *Lorenzaccio* ou encore *On ne badine pas avec l'amour*, est l'un des auteurs du XIXe siècle qui représente le mieux le romantisme français.

– Personnages romantiques et sentiments

Dans *Les Caprices de Marianne*, chaque personnage incarne un choix possible à adopter face aux passions destructrices et aux sentiments qui sont source de douleurs. Chacun d'entre eux représente un archétype du héros romantique du XIXe siècle.

Coelio, l'amoureux déçu

Souvent, le héros romantique souffre d'un amour si fort qu'il en devient incontrôlable et impossible à réfréner. Toute la complexité du personnage réside dans une pureté des sentiments que la réalité vient contrarier, et la nature tragique du héros romantique nait du choc entre ces deux éléments.

Coelio aime désespérément Marianne et souffre terriblement de cette situation. Comme le dit Octave, l'amour est le mal *« le plus terrible, car c'est un mal qui se chérit lui-même »*. Le personnage souffre d'aimer, mais aussi, il chérit cette souffrance, car il refuse la réalité des faits et préfère la nier plutôt que de chercher à apaiser sa douleur. Plusieurs fois, Octave lui propose de se changer les idées et l'incite à se tourner vers d'autres femmes, mais Coelio refuse obstinément. Pour ce personnage romantique, il vaut mieux être amoureux et déçu plutôt que serein mais indifférent.

Cependant, l'auteur romantique est souvent cruel avec ses personnages, comme peut l'être la vie avec les êtres humains. Ainsi, celui qui aime Marianne désespérément est aussi le moins bien placé pour emporter son cœur. Le cœur à ses raisons et Marianne est prête à aimer n'importe qui sauf celui qui la courtise, ce qu'Octave juge caractéristique d'une femme de son âge : « *Ô femme trois fois femme ! Coelio vous déplait, mais le premier venu vous plaira* ».

L'amour de Coelio s'avance de manière inéluctable, comme c'est presque toujours le cas dans le romantisme, vers des désillusions et un destin tragique.

Octave le libertin

Les conséquences de l'amour sont souvent cruelles pour les hommes et les femmes, et certains choisissent d'y renoncer afin de ne plus souffrir. C'est le cas d'Octave, qui incarne aussi un personnage romantique, mais d'une tout autre nature. Octave est un libertin, qui, plutôt que l'amour, choisit le plaisir et les relations éphémères. C'est un dandy qui aime l'ivresse, la débauche et dont les paroles laissent deviner un esprit fin et cultivé.

Le dandy est aussi une figure caractéristique de la littérature du XIXe siècle, et souvent les personnages qui le sont feignent d'ignorer l'amour. Octave est-il réellement indifférent aux sentiments ? C'est difficile à déterminer, mais c'est ce qu'il prétend et cela lui vaut, dans une logique romantique qui n'épargne pas les personnages, d'être aimé par Marianne. Dans la littérature romantique qui associe douleur et sentiment, amour et désespoir, Marianne n'aime pas celui qui la désire, mais celui qui l'ignore. Ce sont les caprices du cœur qui ignore la raison, un principe cher à Alfred de Musset sur lequel il construira plusieurs de ses drames.
–   Marianne la capricieuse
La pièce est construite sur deux archétypes romantiques, d'un côté l'amoureux mélancolique et de l'autre le libertin insouciant et débauché ; et l'articulation de ces deux personnages est rendue possible par la figure de Marianne et par les conséquences de ses caprices.

Marianne est indécise, tantôt sérieuse, tantôt volage, et c'est cette insoutenable légèreté de son être, pour paraphraser un célèbre auteur du XXe siècle, qui amène à une tragédie inéluctable. Marianne incarne un thème cher à Alfred de Musset, qu'il a développé dans son œuvre, sujet romantique par excellence : l'absence de raison dans les choix du cœur et la cruauté des rapports amoureux.

Absence de raison pour Marianne, qui choisit d'aimer l'homme qu'elle devrait à tout prix éviter : Octave, qui n'est pas amoureux d'elle et qui est le meilleur ami de celui qui lui fait la cour. Un choix qui pourrait provoquer de la haine et des affrontements entre les deux amis, un choix cruel et déraisonnable dont la conséquence tragique est la mort d'Octave. Et cette décision de Marianne, qui au fond n'est ni bonne ni mauvaise, car elle n'est pas raisonnée mais passionnelle, n'est pas propre à la jeune fille.

C'est une caractéristique humaine constante que l'auteur souligne en citant aussi en exemple la mère de Coelio, qui avait fait les mêmes choix que Marianne il y a plusieurs années. Coelio à son tour est déraisonnable en jetant son dévolu sur une femme déjà mariée, et qui de manière évidente n'éprouve aucun sentiment pour lui. C'est un comportement humain tragique mis en scène par l'auteur, tragique car les hommes semblent condamnés à endurer des souffrances qu'ils s'infligent eux-mêmes, en écoutant leur passion au détriment de leur raison.

– Une œuvre de et sur la jeunesse

Alfred de Musset dans la pièce

On peut se demander dans quelle mesure Alfred de Musset n'a pas introduit des éléments biographiques dans la pièce, tant sa ressemblance avec le personnage d'Octave est éloquente. Octave est un libertin et séducteur très attaché à son indépendance et à sa liberté. Il aime sa vie de débauché, boit énormément d'alcool et semble ne jamais rien prendre au sérieux. Tout pour lui est prétexte à s'amuser et il est heureux qu'on le prenne pour un fou, car il est convaincu que seule une telle d'existence mérite d'être vécue.

La biographie d'Alfred de Musset nous apprend qu'il a longtemps vécu à l'image du personnage d'Octave. L'auteur avait la réputation de vivre une vie de bohème, de consacrer son existence aux excès de la nuit, de la fête et de la débauche. Une manière pour lui d'oublier une déception amoureuse de jeunesse, le jour où Musset avait trouvé son meilleur ami dans les bras de celle qu'il aimait. Depuis ce jour, Musset a toujours considéré que l'amour véritable était utopique et qu'il valait mieux mener une vie de libertin débauché plutôt que de pourchasser des chimères sentimentales.

Un point de vue très proche de celui d'Octave qui tient à peu près le même discours dans la pièce. Et parmi les ressorts du récit, on note la possible dégradation d'une relation amicale à cause d'une relation amoureuse. Mais cette vie de débauche rend elle vraiment heureux ? Octave comme Alfred de Musset se satisfont-ils entièrement de cette situation ? Dans un moment d'intimité, Octave confie à Marianne que *« c'est un peu triste de s'enivrer tout seul »*. Comme si cette vie ne suffisait pas à compenser le manque d'affection qu'éprouvent et l'auteur et Octave. De la même manière, Coelio demande à Octave : *« n'est-ce pas un suicide comme un autre que la vie que tu mènes ? »* Et si le bonheur apparent et la bonne humeur d'Octave n'étaient que des façades, qui cachent une réalité et des pensées bien plus sombres et mélancoliques ?

Jeunesse du siècle

La pièce est aussi pour Alfred de Musset l'occasion de parler de la jeunesse du début du XIXe siècle, dont il fait partie. Déjà, dans *Confessions d'un enfant du siècle*, Musset donnait son point de vue sur une génération déboussolée, sans perspectives d'avenir ni grandes causes à défendre. Leurs parents et grands-parents avaient connu la Révolution française, assisté à l'émergence et à la chute de l'Empire napoléonien, tandis que Musset et ceux de sa génération connaissaient la restauration de la monarchie et les débuts d'un grand capitalisme industriel d'une violence sans précédent.

Ces conditions historiques ont produit une jeunesse qui, selon Musset, serait proche de celle qu'on découvre dans *Les Caprices de Marianne*. Une jeunesse fortement dépolitisée, sans convictions idéologiques fortes ni envie de révolte particulière. Une jeunesse débauchée qui se noie dans l'alcool et les paradis artificiels, à l'image d'Octave, et concernée uniquement par des histoires d'amour comme peut l'être Coelio. Des préoccupations qui semblent bien superficielles si on les compare aux combats révolutionnaires de leurs aïeux.

Ces jeunes hommes et femmes ressemblent, dans l'esprit de Musset, à d'éternels adolescents perdus dans le siècle, qui ne savent pas contre qui ou contre quoi tourner leur sentiment de révolte. Des figures proches du personnage joué par James Dean dans *Rebel Without a Cause (La Fureur de vivre)* de Nicholas Ray, qui sortira au cinéma un peu plus d'un siècle plus tard.

Perte de l'innocence

« Malheur à celui qui, au milieu de la jeunesse, s'abandonne à un amour sans espoir ! » Cette phrase prononcée par Coelio avait quelque chose de prophétique sans qu'il ne le sache lui même. Pour être tombé amoureux de Marianne, Coelio sera condamné à mort. Mais cette mort physique est doublée aussi d'une mort symbolique qui est un des motifs de la pièce : la perte de l'innocence.

La perte de l'innocence correspond à la fin de la jeunesse, et elle souvent provoquée par une suite d'événements tragiques qui accélèrent le passage à l'âge adulte. Les personnages renoncent à leur insouciance et sont obligés de prendre en compte une nouvelle réalité, bien plus dure. Ils doivent regarder en face un monde plus violent et plus injuste que celui qu'ils avaient connu jusque là.

L'amour tragique de Coelio, qui se termine par une mort prématurée, va entrainer la fin de la jeunesse pour Octave et comme il le dit lui-même : *« adieu la gaieté de ma jeunesse, l'insouciante folie, la vie libre et joyeuse ».* Lorsqu'Octave et Marianne sont devant la tombe de Coelio (scène qui conclut la pièce), la perte de l'innocence pour les personnages se manifeste explicitement au spectateur. Les deux jeunes gens se recueillent devant une pierre tombale, un objet qui symbolise la conséquence de leurs actes, et passe tous les deux et d'un seul coup à l'âge adulte.

Une transition déjà effectuée en partie par Marianne, depuis le jour où elle a décidé d'épouser prématurément un homme beaucoup plus âgé qu'elle. D'où ses tergiversations tout au long de la pièce. Celles d'une adolescente pas encore tout à fait adulte, qui veut profiter des derniers instants de sa jeunesse en prenant un amant. Marianne cherche simplement à compenser un mariage trop rapide qui ne la rend pas heureuse.

Dans la même collection en numérique

Les Misérables
Le messager d'Athènes
Candide
L'Etranger
Rhinocéros
Antigone
Le père Goriot
La Peste
Balzac et la petite tailleuse chinoise
Le Roi Arthur
L'Avare
Pierre et Jean
L'Homme qui a séduit le soleil
Alcools
L'Affaire Caïus
La gloire de mon père
L'Ordinatueur
Le médecin malgré lui
La rivière à l'envers - Tomek
Le Journal d'Anne Frank
Le monde perdu
Le royaume de Kensuké
Un Sac De Billes
Baby-sitter blues
Le fantôme de maître Guillemin
Trois contes
Kamo, l'agence Babel
Le Garçon en pyjama rayé
Les Contemplations

Escadrille 80

Inconnu à cette adresse

La controverse de Valladolid

Les Vilains petits canards

Une partie de campagne

Cahier d'un retour au pays natal

Dora Bruder

L'Enfant et la rivière

Moderato Cantabile

Alice au pays des merveilles

Le faucon déniché

Une vie

Chronique des Indiens Guayaki

Je voudrais que quelqu'un m'attende quelque part

La nuit de Valognes

Œdipe

Disparition Programmée

Education européenne

L'auberge rouge

L'Illiade

Le voyage de Monsieur Perrichon

Lucrèce Borgia

Paul et Virginie

Ursule Mirouët

Discours sur les fondements de l'inégalité

L'adversaire

La petite Fadette

La prochaine fois

Le blé en herbe

Le Mystère de la Chambre Jaune

Les Hauts des Hurlevent

Les perses

Mondo et autres histoires

Vingt mille lieues sous les mers

99 francs

Arria Marcella

Chante Luna

Emile, ou de l'éducation
Histoires extraordinaires
L'homme invisible
La bibliothécaire
La cicatrice
La croix des pauvres
La fille du capitaine
Le Crime de l'Orient-Express
Le Faucon malté
Le hussard sur le toit
Le Livre dont vous êtes la victime
Les cinq écus de Bretagne
No pasarán, le jeu
Quand j'avais cinq ans je m'ai tué
Si tu veux être mon amie
Tristan et Iseult
Une bouteille dans la mer de Gaza
Cent ans de solitude
Contes à l'envers
Contes et nouvelles en vers
Dalva
Jean de Florette
L'homme qui voulait être heureux
L'île mystérieuse
La Dame aux camélias
La petite sirène
La planète des singes
La Religieuse
1984 A l'Ouest rien de nouveau
Aliocha
Andromaque
Au bonheur des dames
Bel ami
Bérénice
Caligula
Cannibale
Carmen

Chronique d'une mort annoncée

Contes des frères Grimm

Cyrano de Bergerac

Des souris et des hommes

Deux ans de vacances

Dom Juan

Electre

En attendant Godot

Enfance

Eugénie Grandet

Fahrenheit 451

Fin de partie

Frankenstein

Gargantua

Germinal

Hamlet

Horace

Huis Clos

Jacques le fataliste

Jane Eyre

Knock

L'homme qui rit

La Bête humaine

La Cantatrice Chauve

La chartreuse de Parme

La cousine Bette

La Curée

La Farce de Maitre Pathelin

La ferme des animaux

La guerre de Troie n'aura pas lieu

La leçon

La Machine Infernale

La métamorphose

La mort du roi Tsongor

La nuit des temps

La nuit du renard

La Parure

La peau de chagrin

La Petite Fille de Monsieur Linh

La Photo qui tue

La Plage d'Ostende

La princesse de Clèves

La promesse de l'aube

La Vénus d'Ille

La vie devant soi

L'alchimiste

L'Amant

L'Ami retrouvé

L'appel de la forêt

L'assassin habite au 21

L'assommoir

L'attentat

L'attrape-coeurs

Le Bal

Le Barbier de Séville

Le Bourgeois Gentilhomme

Le Capitaine Fracasse

Le chat noir

Le chien des Baskerville

Le Cid

Le Colonel Chabert

Le Comte de Monte-Cristo

Le dernier jour d'un condamné

Le diable au corps

Le Grand Meaulnes

Le Grand Troupeau

Le Horla

Le jeu de l'amour et du hasard

Le Joueur d'échecs

Le Lion

Le liseur

Le malade imaginaire

Le Mariage de Figaro

Le meilleur des mondes

Le Monde comme il va

Le Parfum

Le Passeur

Le Petit Prince

Le pianiste

Le Prince

Le Roman de la momie

Le Roman de Renart

Le Rouge et le Noir

Le Soleil des Scortas

Le Tartuffe

Le vieux qui lisait des romans d'amour

L'Ecole des Femmes

L'Ecume Des Jours

Les Bonnes

Les Caprices de Marianne

Les cerfs-volants de Kaboul

Les contes de la Bécasse

Les dix petits nègres

Les femmes savantes

Les fourberies de Scapin

Les Justes

Les Lettres Persanes

Les liaisons dangereuses

Les Métamorphoses

Les Mouches

Les Trois mousquetaires

L'étrange cas du Dr Jekyll et de Mr Hyde

L'Ile Au Trésor

L'île des esclaves

L'illusion comique

L'Ingénu

L'Odyssée

L'Ombre du vent

Lorenzaccio

Madame Bovary

Manon Lescaut

Micromégas
Mon ami Frédéric
Mon bel oranger
Nana
Ne tirez pas sur l'oiseau moqueur
Notre-Dame de Paris
Oliver twist
On ne badine pas avec l'amour
Oscar et la dame rose
Pantagruel
Le Misanthrope
Perceval ou le conte du Graal
Phèdre
Ravage
Roméo et Juliette
Ruy Blas
Sa Majesté des Mouches
Si c'est un homme
Stupeur et tremblements
Supplément au voyage de Bougainville
Tanguy
Thérèse Desqueyroux
Thérèse Raquin
Ubu Roi
Un Barrage contre le Pacifique
Un long dimanche de fiançailles
Un secret
Vendredi ou la vie sauvage
Vipère au poing
Voyage au bout de la nuit
Voyage au centre de la terre
Yvain ou le Chevalier au lion
Zadig

À propos de la collection

La série FichesdeLecture.com offre des contenus éducatifs aux étudiants et aux professeurs tels que : des résumés, des analyses littéraires, des questionnaires et des commentaires sur la littérature moderne et classique. Nos documents sont prévus comme des compléments à la lecture des oeuvres originales et aide les étudiants à comprendre la littérature.

Fondé en 2001, notre site FichesdeLectures.com s'est développé très rapidement et propose désormais plus de 2500 documents directement téléchargeables en ligne, devenant ainsi le premier site d'analyses littéraires en ligne de langue française.

FichesdeLecture est partenaire du Ministère de l'Education du Luxembourg depuis 2009.

Plus d'informations sur www.fichesdelecture.com

ISBN: 978-2-511-02854-4

Notes :